PIÈCES
D'ELOQUENCE
ET DE
POËSIE

Qui ont remporté le prix au Jugement de l'A-
cadémie Royale des Sciences & Belles
Lettres établie à P a u ;

Avec un Remercîment à la même Académie.

P a r M. C*** D. l'O.

A P A R I S,

Ruë Saint Jacques, à la Vérité.

Chez Ph. N. Lottin, Imprimeur-Libraire;
ET
Aug. Martin Lottin, Fils, Libraire.

M. D C C. XLVI.
Avec Approbation & Privilege du Roi.

PIECES
D'ELOQUENCE
ET DE
POËSIE.

*La Sageſſe n'interdit pas les plaiſirs ;
mais elle en régle l'uſage.*

DISCOURS. *

* Couron-
né en 1739.

ES Plaiſirs ont leurs pané-
gyriſtes & leurs Cenſeurs ;
ceux - là ſemblent vouloir
nous perſuader qu'ils ſont moins faits
pour nous, que nous ne ſommes faits
pour eux : Ceux - ci les regardent
comme la peſte la plus dangereuſe que
la Nature ait introduite dans le monde.
Egalement ennemie de ces deux

A ij

extrémités , la fageffe regarde les plaifirs comme un adouciffement à nos
maux , un rémede contre les fatigues,
un délaffement permis après des travaux férieux.

En effet , la vie eft une carriére
femée de tant de maux, que nous ne
pourrions point tenir contre leur multitude , fi notre efprit n'en détour-
noit quelquefois la vue ; notre corps
fuccomberoit fous le poids du travail,
s'il ne fe délaffoit jamais dans les bras
du repos.

La nature a accordé les plaifirs au
genre humain , afin que l'ame s'en-
nuyât moins dans la prifon , où elle
eft renfermée : ils fervent de contre-
poids aux foucis , aux chagrins qui
nous obfédent fans ceffe.

Le Sage ne s'interdit donc pas les
plaifirs ; mais il ne s'y livre pas auffi :
il ne fait que s'y prêter , parce qu'il
craint leurs appas féduifans. Ils ne
nous promettent que des douceurs
flatteufes ; & pour nous attacher plus
fûrement , ils ne nous laiffent point
voir les maux qui forment leur fuite.
Toujours en garde contre la féduc-

tion , le Sage ne laisse pas de les faire
entrer dans l'usage de la vie , qui sans
leur secours seroit insuportable ; mais
comme l'attachement aux plaisirs cau-
se souvent des maux irréparables , il
les goûte sans s'enyvrer de leurs douceurs. Enfin , la sagesse , en nous en-
seignant l'art de vivre nous permet
les plaisirs * parcequ'ils sont néces- DIVISION.
saires ; mais elle en regle l'usage parce que l'abus en est pernicieux.

PREMIERE PARTIE.

L'Homme , ce composé d'un esprit & d'un corps a besoin de
plaisirs dans tous les âges : ces deux
parties de son être sont également
incapables de se passer d'un tel secours. Les chagrins , & le travail
ruineroient bien-tôt les forces de l'u-
ne & de l'autre, si la joie & le délas-
sement ne leur succédoient jamais.

Notre esprit participe aux travaux
du corps : la santé de l'un dépend de
celle de l'autre. Il pourroit s'appli-
quer sans relâche & sans fatigue, à la
connoissance de la vérité , s'il n'étoit

affoibli par le commerce des fens ;
mais recevant de fon hôte une foibleffe qui femble étrangere à fa nature, il foupire après la tranquillité :
il ne peut retrouver que dans les délaffemens l'attention qu'il perd dans
les travaux.

La recherche de la vérité eft fa plus
noble occupation : l'étude eft fa nour-
riture la plus convenable ; mais s'il
eft toujours appliqué à développer
des principes cachés, à pénétrer les
myftéres de la Nature, à examiner
les refforts de notre cœur, fa viva-
cité s'éteint, fon attention fe perd,
fa force s'épuife. Qu'on lui accorde
quelque relâche, on verra bien-tôt
renaître du fein du repos une nouvelle ardeur pour le travail, une vi-
gueur fupérieure aux plus grandes
difficultés.

Ne croyons pas que fon attention
foit inépuifable. Ses forces font bor-
nées, & chaque inftant accordé à des
méditations fçavantes en diminue la
mefure. C'eft un tréfor qui eft bien-
tôt englouti, lorfqu'il eft entre les
mains d'un prodigue. Dominés par

l'intempérance de tout fçavoir, nous ferons fucceder l'épuifement à fa vi-gueur, fi nous ne la ménageons. Trop long-tems attaché au même objet, il s'en dégoûte, & s'irrite contre les efforts que nous faifons pour fixer fon naturel volage & inconftant. Tou-jours avide de nouvelles connoiffan-ces, il s'ennuie de celles qu'il acquiert, avant même qu'il s'en foit bien affû-ré la poffeffion.

Telle eft la nature de l'efprit ! les plaifirs font l'appui de fa foibleffe : ils l'arment contre le dégoût & con-tre la longueur du travail. Refait par le repos, il reprend les mêmes études avec la même ardeur que la premié-re fois. Les livres ne lui cauferoient que de l'ennui, fi les récréations ne nous les faifoient quelquefois ou-blier.

En effet, la fanté de l'efprit s'al-tére par l'excès du travail, & elle s'entretient & fe fortifie par des exer-cices modérés. Trop de contention l'affoiblit. Les divertiffemens rendent les études plus profitables, comme elles rendent les plaifirs plus piquans.

L'étude & la récréation s'entraident mutuellement.

Mefurons donc notre application à notre foibleffe , fi nous ne voulons pas que la langueur & l'épuifement fuivent nos efforts. La carriére littérai-re eft trop longue , pour que nous puiffions la fournir fans prendre haleine de tems en tems. Le fommeil , les lectures amufantes , le commerce de nos amis raniment notre amour pour les lettres. Nous recevons des forces nouvelles , pour furmonter les difficultés qui s'oppofent à nos pro-grès. Tel un foldat refait par le repos eft plus redoutable à l'ennemi que celui qu'un long exercice a déja affoibli.

Soupçonneroit-on la Sageffe , qui nous confeille elle - même la recher-che de la vérité , d'interdire aux hommes les moyens d'y parvenir ? Profcriroit - elle les délaffemens fans lefquel l'efprit ne peut fe foutenir long-tems dans cette contemplation ? C'eft à la folie que de femblables bizarreries appartiennent.

Mais, dira - t - on , parceque l'amateur des lettres eſt obligé d'accorder à ſon eſprit quelque plaiſir, comme un ſoulagement néceſſaire, s'enſuit-il que la même obligation ſoit commune à tout le monde ?

J'avoue que cette viciſſitude de travaux & de plaiſirs n'eſt pas également néceſſaire à tous ; les uns ſuccomberoient plutôt que les autres ſous le poids de l'ennui ou du travail, ſans l'aſſiſtance que les plaiſirs nous procurent, aſſiſtance dont perſonne ne pourroit cependant ſe paſſer.

Les chagrins ſont les maladies de l'ame : ils ſont les malheurs de la vie : ils viendroient bien-tôt l'abréger, ſi les plaiſirs ne venoient quelquefois leur diſputer l'empire de l'eſprit. Leurs atteintes ſont de bien plus grandes impreſſions ſur nous que n'en peuvent faire leurs ennemis. Le moindre chagrin occupe tout l'eſprit ; & s'il ne ſe hâte de s'en décharger, il ſuccombe ſous cet accablant fardeau. Le plaiſir n'agit point ainſi ſur nous : il nous laiſſe la liberté de nous occuper d'autres objets. La triſteſſe nous rend inhabiles à tout : ſi elle dominoit tou-

jours en nous, la vie ne feroit qu'un
long fupplice : les inquiétudes nous
la rendent ennuyeufe : le but de la
Sageffe c'eft de nous la rendre douce
& agréable.

Elle eft le médecin de l'ame : elle
prévient l'effet du tems , qui eft, à
fon gré, trop lent à la guerir. Elle
eft fi éloignée de nous interdire les
plaifirs, qu'elle nous enfeigne au contraire à les goûter. Fuyez , nous dit-
elle , l'élévation, fuyez les lambris
dorés , fous lefquels voltigent fans
ceffe les foucis. Vivez dans la mé-
diocrité, où l'on goûte les douceurs
de la paix. Refferrez vos efpérances
dans un court efpace : ce ne font pas
les biens qui enrichiffent, c'eft le re-
tranchement des défirs : rien ne trouble tant l'homme que la liberté qu'il
leur donne d'errer d'objet en objet.
Ne vous inquiétez point par le fou-
venir des maux paffés , ni par la
crainte de ceux qui font à venir. Jouïf-
fez du préfent, & vivez content de
votre fort.

De telles leçons prouvent claire-
ment Sque la ageffe n'eft pas ennemie

des plaifirs, qui font néceffaires à l'efprit ; elle a la même indulgence pour
le corps. Le travail le mine infenfi-
blement, les douleurs l'affligent, les
maladies l'abbattent : il a befoin du
fecours des plaifirs pour tenir contre
tant d'ennemis qui femblent conjurer
fa perte.

Nous n'étions point nés pour le travail ; mais le crime nous a impofé ce
joug pefant. Dépuis l'inftant fatal que
nous avons été condamnés au travail
& à la peine : nous avons fenti un
penchant violent vers l'inaction & le
repos. En luttant contre cette incli-
nation, nos forces s'affoibliffent. Tel
un homme, qui s'obftine à combattre la faim, fent fes forces défaillir,
& éprouve bien - tôt qu'il eft befoin
de les réparer fouvent par la nour-
riture.

Que deviendroit le corps, fi épui-
fé par de longues fatigues, il ne les
voyoit jamais finir ? fi reffentant les
atteintes de la douleur, il ne pouvoit point recourir aux plaifirs inno-
cens qui nous les font oublier ? fi lan-
guiffant dans les bras de la maladie,

il ne pouvoit point prétendre à ces promenades gracieuses , à ces campagnes riantes , où les belles eaux , la verdure des prairies , la beauté des jardins , plus puiſſantes ſouvent que les ſecours de l'art , nous redonnent la ſanté , que des travaux exceſſifs nous avoient ravie.

Mais n'avons - nous pas lieu de croire que la Sageſſe , cette regle des mœurs , en ordonne l'auſtérité , de peur que le corps ne ſe révolte contre ſon maître , ſi on le traite doucement : & qu'il ne tâche même de s'aſſujettir ſon ſouverain ?

Parler ainſi c'eſt ne pas connoître la Sageſſe ; elle ne nous fait point pratiquer la vertu par contrainte & par devoir ; mais elle nous la rend aimable , & nous donne du goût pour ce qu'elle nous preſcrit. Elle nous enſeigne une Philoſophie d'uſage qui n'a rien de rebutant , rien d'incommode , rien qui embarraſſe ſes partiſans.

Les Philoſophes , ces anciens inſtituteurs du genre humain , ont mal ſervi la vertu , en nous la repréſen-

tant auſtére, & dégoûtante : ſon air
ſombre & ſévére nous la font rejet-
ter. Les vrais diſciples de la Sageſſe
l'ont rendue ſociable juſqu'à l'en-
joûment : ils l'ont dépouillée de ſon
antique rudeſſe : elle s'eſt familiariſée
avec nous.

Ne craignons point que le corps
ſecoue le joug de l'eſprit, tant qu'il
ne goûtera des plaiſirs que de l'aveu
de la Sageſſe. Indulgente, elle nous accorde ceux dont nous ne ſçaurions
nous paſſer : prudente, elle en regle
l'uſage, parce qu'il eſt pernicieux d'en
abuſer.

SECONDE PARTIE.

QUE la condition de l'homme
eſt déplorable ! Sans les plaiſirs,
il eſt malheureux, avec les plaiſirs, il
eſt criminel. La ſageſſe les lui permet
comme un adouciſſement à ſa miſere,
il change le remede en poiſon, en
abuſant du privilege qu'il reçoit. Elle
lui preſcrit des bornes qu'il ne peut
franchir ſans témérité, & ſans nuire à
ſes véritables intérêts.

Sans ces précautions, nous nous perdrions aisément. En effet, il est aussi pernicieux que facile d'abuser des plaisirs. L'homme n'est point fait pour eux ; mais pour des occupations sérieuses, & conformes à l'excellence de sa nature. Sa gloire consiste dans l'exécution des travaux qui sont à la fois pénibles & avantageux : sa honte, dans l'inaction & dans la mollesse. Créé pour la vertu, il ne l'acquiert point sans effort : il la perd dans l'oisiveté.

La grandeur de l'homme, c'est de remplir la destination de la nature. Elle veut que nous nous appliquions à la recherche de la vérité & à la pratique des devoirs. Lorsque nous nous livrons aux enchantemens des plaisirs, nous trompons ses espérances. La vérité, enveloppée dans des ténébres, ne se fait voir à nous qu'au prix de nos veilles. Le cœur dominé par l'amour des plaisirs étouffe le désir d'amasser des connoissances nouvelles ; l'esprit n'est plus touché de la beauté des sciences, & ne connoît plus les solides avantages qu'on retire de leur commerce ; il néglige ſes talens dans le ſein d'une honteuſe indolence.

L'eſclave des plaiſirs eſt - il plus exact obſervateur des autres devoirs ? Non, il les immole à ſon penchant. La vertu lui couteroit des combats, il eſt trop lâche pour s'y engager, ou trop foible pour en ſortir vainqueur. Elle veut que nous oppoſions une ferme réſiſtance à nos paſſions, il aime à leur obéir. Le ſoin de ſa réputation ne le touche plus : à l'approbation des gens de bien il préfére, inſenſé, la ſatisfaction des ſens : il ne connoît d'autre bonheur que celui de ne leur rien refuſer. Des amis fidéles tentent vainement de lui faire appercevoir les abîmes qu'il ſe creuſe, il ne les voit pas, ou ne veut pas les voir.

Il ne s'intereſſe pas davantage à la conſervation de ſa ſanté : un exercice modéré en auroit été le plus ferme appui ; il eſt dangereux pour elle de s'abſtenir de toute occupation, ou de ne jamais interrompre celle que l'on aime. Une contention trop durable, une trop lâche oiſiveté lui ſont preſque également funeftes. Le parti le plus fûr c'eft de garder une fage viciffitude de travail & de repos.

Loin de compenfer ainfi les rigueurs de l'un par les douceurs de l'autre, il paroît toujours plus avide de plaifirs : il n'attend pas qu'ils s'offrent à fes yeux, il court au-devant d'eux, & redoute tout ce qui peut l'en priver : la vue du travail eft feule capable de l'allarmer.

Quel eft le fruit de fes débauches ? Le corps, ufé par des excès, éprouve des douleurs qui vengent la vertu outragée : des forces languiffantes, une fanté ruinée enfantent un repentir que fon retardement rend inutile.

Si le jeu eft devenu fa paffion dominante, il abandonne à ce tyran fa fortune & fon repos : il fait voir une joye avide dans les fuccès ; & fi des revers furviennent, fes plaintes, fon defefpoir éclatent : l'ame trop violemment fecouée par ces paffions fubites, qui s'entrechoquent fi fouvent, perd la modération qui fait fa fanté, & communique au corps les troubles qui l'agitent.

cependant

Cependant cette paffion fatale engloutit fon héritage ; l'efpérance de réparer fes pertes, eft l'appas perfide qui fçait l'attirer. Enfin une cruelle indigence naît de fes defordres & de fes diffipations ; il la partage peut-être avec une famille , qui n'ayant point eu de part à fes déréglemens, étoit digne d'un meilleur fort.

Tels font & plus grands encore les maux caufés par l'abus des plaifirs ! Nous nous défions trop peu de leurs douceurs attrayantes , & de notre foibleffe ; leurs appas font puiffans , & notre réfiftance eft peu courageufe. Ouvrons les yeux fur les malheurs qu'ils refervent à leurs efclaves ; & que la crainte d'un femblable fort nous rende dociles aux loix de la fageffe. Ils nuifent à ceux qui les goûtent, dès-qu'ils font indécens, injuftes, ou exceffifs. Refpectons les bornes qui renferment ceux dont nous pouvons jouïr fans péril & fans reproche.

Tous les âges , toutes les conditions ont des plaifirs qui leur font propres ; il en eft de puerils pour l'enfan,

B

ce ; de tumultueux pour la jeuneffe ;
de tranquilles pour l'âge avancée. Les
jeunes gens peuvent , de l'aveu de
la fageffe, aimer les chevaux, la chaf-
fe, & les exercices propres à former
le corps : les plaifirs affignés aux vieil-
lards font paifibles & conformes à
leur goût : ils peuvent converfer avec
leurs amis , jouïr des délices de la
campagne , & vaincre une humeur
chagrine par un enjouement non af-
fecté.

Il eft , ne le diffimulons pas , des
plaifirs indignes de ce nom : ce font
ceux qu'on ne peut goûter fans crime ,
& qui ne s'achettent que par des repen-
tirs. Ils ne font point compris parmi
ceux qui nous font accordés. C'eft
folie que de s'enyvrer de ces fauffes
joies qui ne nous laiffent que le regret
de nous y être livrés.

L'infenfé différe du fage , en ce que
le premier ne connoît point de régle
à laquelle il mefure fes actions, point
de bornes qui féparent ce qui eft permis d'avec ce qui ne l'eft pas : au lieu
que le fage prend la juftice pour regle
de fa conduite : les plaifirs défendus

ne font point des plaifirs pour lui.

Pour être entiérement conformes aux regles de la fageffe, les plaifirs doivent être encore modérés pour la durée, & pour l'attachement avec lequel nous en ufons. Nous ne devons point les rechercher avidement, ni les fuir avec trop de foin : s'ils duroient trop long-tems ils nuiroient à des fonctions férieufes, tandis que comme le fommeil, ils doivent réparer nos forces, & nous aider à les remplir plus exactement. S'ils nous attachoient trop, ils nous infpireroient l'averfion de nos devoirs. L'amour des plaifirs & celui des devoirs ne peuvent fubfifter enfemble:il faut que l'un d'eux céde à fon rival l'empire du cœur.

Il faut donc n'ufer des plaifirs que fobrement, ils font néceffaires à l'homme, la fageffe les lui permet ; mais comme leur abus eft pernicieux, elle en regle l'ufage. Conformons-nous à fes loix, n'abufons point de fon indulgence, fi nous afpirons à la gloire d'être fes difciples.

Tu fapiens finire memento,
O Triftitiam vitæque labores. Horat. od. 7. lib. Y.

L'AMOUR DE LA GLOIRE.

O D E. *

* Couronnée
en 1740.

GLOIRE, lorfque tu nous en-
flammes,
Que tu fçais bien mouvoir nos cœurs !
Le Péril & la Mort, pour allarmer nos
ames,
N'ont que d'impuiffantes horreurs,
Ame de l'univers, le défir de l'eftime,
Eft cet inftinct heureux que la nature im-
prime,
Dans le cœur de tous les Humains.
Il fait les Curtius, les Catons, les Camilles:
Et des Arts, pour former les Zeuxis, les
Virgiles
Il fçait applanir les chemins.

Banniffez cet inftinct du monde,
Vous en bannirez les vertus,
Leur femence en nos cœurs ne fera plus
féconde,
Il ne naîtra plus de Titus.
Non, Regulus jamais n'auroit revu Car-
thage,
S'il n'eût cru que fa mort lui vaudroit un
hommage
Dans l'efprit de tous les Mortels.
Et Codrus de fon fang eût été plus avare,
S'il ne fe fut promis qu'un dévoûment fi rare
Obtiendroit un jour des Autels.

Quel spectacle affreux se présente !
Héros naissant, où courez - vous ?
Que je crains pour vos jours ? … ma voix
　eſt impuiſſante ,
　　Que de ſang font couler ſes coups !
A ſes fiers bataillons que ſon exemple
　pique ,
Cet Achille tranſmet ſon courage héro-
　roïque :
　　L'Etat par ſon bras eſt vainqueur.
Mais la mort le pourſuit. Trop rigoureuſe
　perte !
Il meurt. Si ſans témoins la mort ſe fut
　offerte ,
　　Eût-il montré tant de valeur ?

　　Paſſions , monſtres implacables ,
　　La raiſon vous combat en vain.
Que je prévois de maux , ſi vos Conſeils
　coupables
　　Sont joints au pouvoir Souverain !
Vous allez ranimer les Nerons, les Tiberes ;
Tyrans de leurs ſujets , loin d'en être les
　peres ,
　　Les Rois ſerviront vos tranſports ;
Mais tremblez , ſi jamais la gloire les
　enflamme !
Mille vertus alors , mobiles de leur ame ,
　　Sçauront maîtriſer vos efforts.

　　Sous ſes Loix je vois la Clémence
　　Ranger le ſecond des Céſars :
Pour rendre un Peuple heureux , Henri
　ſoumet la France ,
　　Louis eſt le pere des Arts.

D'un avenir flatteur, que ne peut point
 l'idée ?
Elle applique à nos maux leur ame possédée
 Du désir de vivre en nos cœurs.
Ils comptent, quand la mort les fera dis-
 paroître,
Se venger de ses coups, jouïr d'un nouvel
 être,
 Créé par leurs rares faveurs.

 Muses la gloire est l'Hypocrêne
 De vos illustres Nourrissons,
C'est elle qui promit à l'ami de Mécéne
 D'immortaliser ses chansons.

Homere. Jamais l'Ecrivain Grec qui peint Perga-
 me en cendre
N'eût connu vos transports, s'il n'eût osé
 prétendre
 Aux honneurs du sacré Vallon.
Virgile. Sa gloire lui suscite un rival magna-
 nime,
Que vaincroit le repos, si l'Amour de l'estime
 Etoit un moins vif aiguillon.

 Brulant de rendre leur mémoire
 Indépendante du trépas,
Les Aca-
démiciens. Vos plus dignes enfans * rassemblés par la
 Gloire,
 Quels fruits ne produisent-ils pas ?
Si-tôt qu'à l'Ignorance on voït plusieurs
 Génies
Opposer de concert leurs lumiéres unies,
 Ils en chassent l'obscurité.
Ainsi plusieurs rayons, qu'un même point
 rassemble,

Sont foibles divisés, forts, quand ils vont
   enfemble
      Porter la chaleur, la clarté.

Clio, tes Eleves célébres (1)   *l'Académie*
   Rappellent les tems écoulés :   *des Infcrip-*
Leurs pénibles efforts triomphent des té- *tions.*
   nébres
      Par qui tant de faits font voilés.
Et les tiens, Uranie, (2) utiles Zoroaftre,
En guidant nos Vaiffeaux, rendent les *l'Académie*
   vents, les Aftres,   *des fciences.*
      Tributaires de nos befoins.
Sans ceffer d'admirer leur féconde in-
   duftrie,
Mon œil cent fois les vit offrir à leur
   Patrie
      Des fecrets trouvés par leurs foins.

      Sous le nom des vertus brillantes
      Tu vois encenfer tes Autels,
Gloire, tu prends fouvent des formes dif-
   férentes
      Pour t'offrir aux yeux des Mortels.
Turenne te connoît fous le nom de Bel-
   lonne :
Sous celui de Themis Dagueffau t'abandonne
      Et fon repos & fes plaifirs.
Sous d'autres noms Colbert, Maurepas
   t'obéiffent.
Les Beaux Arts par leurs foins dans l'Etat
   s'affermiffent
      Au gré de leurs nobles defirs.

Une Sirene enchantereſſe
Te débauche mille ſujets :
Souffriras - tu toujours qu'au ſein de la
molleſſe,
Ils renoncent à tes projets?
Si des hautes vertus le travail eſt le pere ;
Au travail par l'eſpoir d'un glorieux ſalaire
C'eſt à toi de nous animer.
Le plaiſir nous ſéduit, le repos nous attire :
Mais parois - tu, Rouſſeau redemande ſa
Lyre,
Et Villars eſt prompt à s'armer.

Excitat Auditor Studium ; laudataque virtus
Creſcit, & immenſum gloria Calcar habet,
Ovid de Pont. l. 4. Ep. 2.

UTILITE'

UTILITE'

DES BIBLIOTHEQUES PUBLIQUES.

DISCOURS. *

* Couronné en 1746.

QUELs biens plus confiderables que ceux dont tout le monde peut profiter! Si une grande Bibliothéque eft utile au progrès dans les lettres, parce que celui qui la pofféde y trouve une invitation à l'étude, & les moyens d'étudier avec fruit : elle l'eft davantage fans doute ; lorfqu'elle eft publique, puifque chacun peut ufer de ce tréfor, comme s'il n'apartenoit qu'à lui feul. Par là le goût des fciences fe perpetuë dans une Nation, l'efprit eft cultivé, les mœurs s'adouciffent, & la raifon fe perfectionne.

Non, rien de plus avantageux à la Patrie que les amples collections de livres, qui font deftinées à l'ufage du Public, utiles à notre fiécle, elles le feront encore à nos derniers neveux,

C

l'émulation qui naît de là tranfmettra aux races futures notre fçavoir, & notre politeffe.

A combien de talens feront utiles des établiffemens fi propres à les faire germer ! Tous ceux à qui la Nature aura donné quelque génie y feront invités à le cultiver : & tous les fecours qu'ils pourroient à peine fe procurer à la faveur de grandes richeffes, leur feront gratuitement offerts, puifqu'une Bibliothéque Publique * eft une invitation qui nous porte à l'étude, & une fource de fecours, propres à nous faire étudier avec fuccès.

* DIVI-
SION.

PREMIE'RE PARTIE.

Quoique l'homme naiffe avec le défir d'aprendre, il n'eft que trop ordinaire de le voir vivre tranquilement dans le fein de l'ignorance. La pareffe l'attache, l'étude le rebutte, & les plaifirs l'entraînent. Dès-lors les riches talens que la Nature avoit pû lui départir, deviennent des préfens inutiles : il faut qu'une voix étrangere le rappelle à l'étude, & ranime en lui le défir des belles connoiffances. Telle eft la voix des Bibliothéques Publiques : c'eft une invitation générale & perpe-tuelle. Dévelopons ces deux qualités.

Parmi ceux qui naiffent avec d'heu-reufes difpofitions pour les Lettres, il en eft plufieurs qui ont befoin de l'invitation dont je parle. Que de ta-lens feroient enfouis fi les Bibliothé-ques Publiques ne prévenoient un fi grand dommage! Elles font, pour ainfi dire, des affemblées de Sages, qui nous appellent pour nous initier dans les myfteres des Mufes, & pour éta-ler à nos yeux tous les tréfors des fciences. Les uns nous promettent de nous conduire, fans égarement, à tra-vers les ténébres des fiécles les plus reculés, par le fecours de la critique, comme on dit qu'un Héros parcourut, à la faveur d'un fil, les détours d'un Labyrinthe. Les autres nous invitent à l'étude; en nous faifant efpérer qu'ils nous montreront l'enchaînement des êtres qui compofent l'univers ; qu'ils nous feront remonter des effets qui nous font connus, aux caufes que nous ignorons; & qu'ils nous déveloperont

des vérités dont la découverte perfectionne les Arts les plus utiles à la fo-
cieté. Quel moyen de réfifter à l'invitation de tant de maîtres, qui nous
font voir de fi grands avantages, attachés à leurs leçons !

Si les Statuës des Héros nous ani-
ment à fuivre leurs traces, & repro-
duifent, pour ainfi dire, leur valeur :
la vûe d'un monument public, où les
grands écrivains de tous les tems nous
ont laiffé dans leurs ouvrages le por-
trait de la meilleure partie d'eux mêmes, je veux dire de leur caractére, &
de leur génie, ne portera-t-elle pas à
l'étude ceux en qui la Nature en a im-
primé le défir ? Si la préfence d'une
perfonne vertueufe trouble la conf-
cience de ceux qui aiment le vice,
parce qu'elle eft une condamnation de
leurs mœurs, une Bibliothéque publique eft une cenfure générale de l'ignorance. En nous reprochant la notre,
elle nous infpire le défir de la vaincre.
Plufieurs de ceux qui ont un riche
fond de génie, ne fongeroient point
à le cultiver, s'ils n'y étoient déter-
minés par cette heureufe invitation.

Quelle eſt propre à faire germer tous les talens! Ne diroit-on pas qu'une Bibliothéque publique eſt un hommage qu'une Nation rend aux ſciences? La reconnoiſſance des Villes envers les généreux fondateurs de ces précieux monumens s'éterniſe : on y place leurs ſtatues : on y donne des éloges à leur magnificence : la mémoire de leurs bienfaits paſſe des perès aux enfans : & leur gloire tranſmiſe d'âge en âge triomphe des ténébres de l'oubli. Ce concert de tant de voix, qui concourent à relever l'utilité & la magnificence de leurs dons , met les lettres en honneur. Loüer ces illuſtres fondateurs, c'eſt honorer les ſciences.

Dès qu'une nation paroit les eſtimer, ceux qui ſont doüés de quelque talens, s'empreſſent de s'y livret. En effet , quel plus vif aiguillon! Brulant de s'attirer notre admiration, ceux-ci par des Chefs - d'œuvres de Poëſie , ceux-là par des modeles d'éloquence, d'autres enfin par d'ingénieux ſyſtêmes ſe frayent un chemin vers l'immortalité.

Eſt-ce aſſés? Une Bibliothéque pu-

blique n'eft pas feulement une invitation générale, qui détermine plufieurs
perfonnes à cultiver les lettres : elle
eft encore une invitation perpetuelle,
propre à agir dans tous les tems fur
les efprits.

Quoiqu'un homme avantagé de
quelque heureux talent femble n'avoir
pas befoin d'aiguillon pour cultiver les
lettres, & qu'il y foit porté par un
inftinct fecret, qui eft la voix du génie, il eft néanmoins à craindre que
fi les livres ne l'avertiffent point de
lire, il ne devienne bientôt fourd à
cette voix intérieure. Lui procurez-
vous l'avantage de trouver fans fortir
de fa patrie, les fçavans de tous les
tems, raffemblés dans un même lieu,
il ne préferera aucune compagnie à la
leur. Si les plaifirs ou les affaires in-
terrompent un tel commerce, l'invitation perféverante de tous les fameux
auteurs le renoüera ; & l'on verra le
déferteur des Mufes fe reconcilier avec
elles. Semblable à la diligente abeille,
qui, dans un parterre émaillé de mille
fleurs, fe charge d'un riche butin, il s'en-
richira des plus belles connoiffances.

Une ample collection de livres, qu'une noble générofité confacre à l'ufage du Public, eft donc une voix, qui nous confeille conftamment l'étude, & qui nous la confeille d'autant plus efficacement, qu'elle nous propofe les exemples d'une infinité de fçavans, qui ont acquis par là une reputation immortelle. Il en eft des invitations à l'étude comme de celles qui nous portent à la vertu. Il faut que les unes & les autres foient foutenues par l'exemple : & que l'exemple foit toujours devant les yeux de celui qui doit le fuivre.

Une Bibliothéque particuliere n'invite à l'étude que celui qui la poffédé. C'eft une exhortation domeftique, qui ne fe fait point entendre au dehors. Une telle Bibliothéque eft quelquefois deftinée à fervir d'ornement aux richeffes, plutôt qu'à orner l'efprit du maître. Il n'en eft pas de même de celle qui eft publique : en la fondant on fe propofe la culture des fciences : c'eft une invitation non feulement pour tout le monde, mais encore pour tous les tems. Les plus précieux

amas de livres rares, & de fçavans
Manuscrits font souvent disperfés à la
mort de celui qui les possédoit. L'ignorance ou l'avarice d'un héritier
échange en peu de tems ces richeffes littéraires pour d'autres qui
flattent davantage son goût. Un par-
ticulier meurt, mais le public est im-
mortel. A une race d'hommes qui
ont joui des fruits d'une Bibliothéque
publique fuccéde une race nouvelle
qui doit en joüir à son tour.

Combien d'excellens ouvrages pé-
riroient dans la révolution des fiécles,
s'ils ne trouvoient là un fûr azile contre les injures du tems. A la vûë d'un
tel monument, les Auteurs qui font
à naître feront donc encouragés à
lutter, pour ainfi dire, contre les
illuftres écrivains qui les auront pré-
cédés, & à faire les plus grands efforts pour pouvoir obtenir auprès
d'eux une place honorable.

Là, environnés des écrits des fçavans de tous les tems, ils feront comme tranfportés dans une nouvelle ré-
gion d'idées, & leur imagination,
mettant les Auteurs à la place de

leurs ouvrages, semblera n'opérer ce prestige que pour les exciter à prendre pour modéles ces illustres écrivains, & à tendre comme eux à l'immortalité. Témoins des honneurs, rendus aux grands hommes, qui par leurs écrits ont illustré leur patrie, ils aspireront au même avantage : le goût des sciences se conservera parmi eux : & le feu du génie y sera entretenu avec autant de soin que le feu de Vesta l'étoit parmi les Romains. Un tel monument sera pour nos neyeux, comme il l'est pour nous, tel qu'une intarissable fontaine, qui invite, par la clarté & la fraicheur de ses eaux, tous les voyageurs à s'arrêter sur ses bords, & à se desalterer. Oui , nos descendans y viendront puiser à leur tour les mêmes connoissances que nous y puisons , puisqu'une Bibliothéque publique n'est pas seulement une heureuse invitation à l'étude ; mais encore une source féconde de secours.

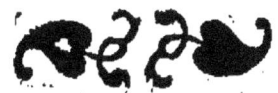

SECONDE PARTIE.

Lorfque la nature nous donne quelque heureufe difpofition pour les lettres, loin de prétendre nous difpenfer du travail de l'étude, elle veut au contraire par cette forte de vocation nous y engager plus étroitement. En effet, ce beau naturel eft une terre qui propre à fe couvrir d'une riche moiffon, demande à être cultivée. Quelque excellente qu'elle foit, fi vous en negligez la culture, elle ne produira que des herbes peu dignes d'un fi riche fonds. Admirez la prudence de la nature ; cette fage mere, de peur de favorifer la pareffe de fes enfans, veut que fes plus utiles productions ne puiffent recevoir leur perfection que des mains de l'Art. Ainfi les talens, ces précieufes mines, contiennent de grands tréfors ; mais il eft befoin de travail pour les arracher de leur fein. Pour cultiver les talens avec fuccès, que de fecours font neceffaires ! On les trouve, ces fecours, dans les Bibliothéques publiques, foit qu'on s'attache aux belles lettres, soit qu'on s'applique aux hautes sciences.

L'Eloquence & la Poësie ont besoin, je le sçai, d'un génie fécond en nobles idées, d'une imagination riche & brillante. Mais la lecture des meilleurs écrivains de l'antiquité n'est-elle pas nécessaire à l'Orateur & au Poëte? Ne doivent-ils pas l'un & l'autre avoir au moins une teinture de toutes les sciences? Le plus beau génie, sans un tel secours, est tel qu'un ruisseau que dessechent les premiéres chaleurs de l'été, tandis que celui qui s'est nourri de la lecture des plus célébres Auteurs est semblable à un fleuve, qui porte jusqu'à l'océan le tribut de ses ondes. Vous qui voulez faire triompher la vérité & la vertu par la force de l'éloquence : vous qui joignant l'agréable à l'utile, voulez orner la sagesse des graces de la Poësie, ne négligez point les avantages que vous offrent les Bibliothéques Publiques.

Elles sont, en effet, comme des Arcenaux, où l'on voit toutes sortes d'armes, propres à combattre l'ignorance & le vice : il n'est point de préjugé

qui ne puisse être terrassé par celles
qu'on y trouve : point d'erreur qui
puisse résister aux traits qui y sont ren-
fermés.

Quelle source féconde de secours !
L'amateur des lettres s'avisera moins
d'en demander de nouveaux, qu'il ne
se plaindra de la briéveté de la vie
qui ne lui permet pas de se servir de
tous ceux qui lui sont offerts. Il y
trouvera tous les trésors de la Grece
& de Rome, & tout ce que la re-
naissance des lettres dans l'Europe
a pû produire de plus rare.

Là, les Demosthénes, les Cicé-
rons instruisent encore le genre humain : ils nous enseignent à manier les
esprits, à toucher les passions, & à
triompher de la résistance de nos Au-
diteurs. C'est de-là, comme d'un
nouveau Ciel, que ces deux Astres
brillans continuent de répandre leur
lumiére sur la Republique littéraire.

Ici, les Homeres, & les Horaces
nous ravissent par la force & la dou-
ceur de leurs accords. Leurs muses
immortelles y font entendre ces sons
majestueux, sublimes, qui font naître

dans nos ames de nobles sentimens,
& qui nous élevent à une grandeur
qui nous étoit presque inconnuë. Nous
apprenons à l'école de ces grands hommes à chanter dignement les exploits
& la vertu.

Plus loin, les Xénophons, les Tite-
Lives nous dévelopent l'antiquité, &
nous transportent au milieu des Héros
qu'elle a produits. Ils nous rendent les
témoins de ce qu'ils racontent, & d'un
événement ils font un spectacle.

Quel océan de lumiére pour ceux,
qui curieux d'une érudition variée,
voudroient ne rien ignorer ! Ils peuvent y puiser toutes les connoiſſances
imaginables. Quelle source de secours
pour nos Varons modernes, lorsque
debrouillant le chaos de l'Histoire, ils
tirent la vérité du milieu des ténébres
qui l'environnent ! L'éclairciſſement
d'un fait leur coute souvent mille re-
cherches. Une erreur qu'ils veulent
détruire les engage dans des discus-
sions pénibles ; mais la multitude infi-
nie de livres, raſſemblés pour l'usage
de tout le monde, aplanit leurs dificultés, & abrége leurs travaux.

Votre goût vous porte-t-il au plus
hautes fciences? Vous trouverez dans
une Bibliothéque, deftinée à l'ufage du
Public, une infinité de fecours qui vous
manqueroient ailleurs. Pieufement curieux, aimez-vous à aprofondir les
vérités de la Religion, & à connoître vos richeffes? Vous verrez là comme en dépôt les armes dont fes défen-
feurs fe font fervis contre les ennemis
de fes dogmes, ou de fa morale. Là,
font toutes les preuves fur lefquelles
elle eft appuyée, toutes les réponfes
aux dificultés qu'oppofent à la Foi les
impies, & les libertins; tout ce qu'ont
écrit les plus hàbiles Théologiens dans
tous les tems, & tout ce qu'il faut fçavoir pour poffeder la fcience des fciences, je veux dire la Théologie.

Les Mathématiques fi univerfelle-
ment, & fi juftement eftimées ont-
elles plus d'attrait pour vous? La Nature vous a-t-elle deftiné à nous deve-
loper des vérités abftraites, qui enchaî-
nées les unes aux autres banniffent
le doute en excluant tout mélange
d'erreur? Les Bibliothéques publiques
vous fourniront tous les fecours dont

vous aurez befoin. Dans ces tréfors ouverts à tout le monde votre efprit peut acquerir les richeffes dont il eft avide.

Sans ces établiffemens quelles dificultés d'avoir les livres qui nous font néceffaires dans cette étude! Combien peu imitent la générofité d'un fçavant qui avoit écrit au deffous du titre des fiens ces mots remarquables : *à l'ufage de mes amis & au mien !* Plufieurs au contraire penfent comme cet autre fçavant qui avoit mis cette infcription au frontifpice de fa Bibliothéque : *adreffez-vous plutôt à ceux qui en vendent.* Dans une Bibliothéque publique nous trouvons toujours les fecours néceffaires pour marcher à grands pas dans le chemin des fciences. Les livres, ces amis généreux, y font toujours prêts à fe reconcilier avec nous, lorfqu'après les avoir abandonnés, nous voulons revenir à eux ; ils ne fe laffent jamais de nous pardonner nos fautes, & de nous inftruire.

Peut-être à l'étude des Mathématiques, joignez-vous celle de la Philofophie? Que de difficultés dans cette

vaſte carriére ! De quels ſecours n'au-
rez-vous pas beſoin pour les vaincre !
Que la verité vous coutera de ſoins &
de travaux, ſi vous voulez y parvenir
ſans ſortir de votre cabinet ! Une Bibliothéque publique vous facilitera la
découverte de ce tréſor ſi précieux.
Les Ariſtotes, les Platons y ont des
chaires, d'où ils nous inſtruiſent encore : & leurs ſucceſſeurs les Deſcar-
tes, les Neutons nous y montrent la
vérité, après nous avoir arraché le
bandeau de nos préjugés. Vous y ren-
contrerez des ſçavans avec qui vous
pourrez vous lier, à qui vous pourrez
propoſer vos doutes, & vos difficultés. S'ils ont voyagé dans les païs
que vous voulez voir, ils vous abré-
geront le chemin, & vous épargne-
ront les fatigues du voyage en vous
conduiſant par des routes aiſées. En
examinant differens ſyſtêmes, en les
comparant les uns aux autres, en pe-
ſant les objections & les réponſes de
leurs auteurs, vous pourrez vous flat-
ter de ne vous être pas décidé témé-
rairement. Si vous ne liſiez que les
défenſeurs d'un ſentiment, ſans con-
ſulter

fulter ceux qui l'attaquent, vous pour-
riez être la dupe de votre docili-
té.

Si vous étiez obligé de vous ren-
fermer dans un petit cercle d'idées,
puifées dans votre cabinet, vous fe-
riez expofé à mille erreurs ; mais la
liberté que vous avez de confulter
une infinité d'auteurs, raffemblés dans
un même lieu, peut vous faire arri-
ver aifément à la vérité. Plufieurs
écrits fur la même matiére répandent
quelquefois une lumiére parfaite. De
tous ces ouvrages fortent différens
rayons, qui venant aboutir à un
centre commun, forment une clarté
brillante.

Tels font les avantages attachés
aux Bibliothéques publiques, avantages reconnus de ceux, qui noblement
généreux envers leur patrie, n'ont pas
crû pouvoir la mieux fervir que par
de pareils établiffemens ! ces fages,
ces illuftres fondateurs ont acquis à
leurs bienfaits une forte d'immortalité, qui les rend toujours propres,
malgré la revolution des années, à
nous inviter à cultiver les fcien-

ces , & à nous aider dans cette
culture.

Laudanda eſt luculli impenſa &
ſtudium in Libris , nam & multos
& optimos conquiſivit eoſque libera-
liter dedit utendos. Patebat omnibus
Bibliotheca Plut. in Lucul.

REMERCIMENT

A MESSIEURS

DE

L'ACADÉMIE ROYALE

DES SCIENCES ET BELLES

LETTRES,

ÉTABLIE A PAU.

ODE.

RECEVEZ mon hommage, Arbitres
    du Parnasse,
Sages dispensateurs des Lauriers d'Apol-
lon,
Vos suffrages trois fois couronnant mon
    audace
      Pour moi sont un vif aiguillon.

Des Préjugés vainqueur, je peignis la sa-
    gesse (1)
Au milieu des Humains, au milieu des
    plaisirs,
Sans rides, sans fierté, sans humeur, sans
    rudesse,
      Mais toujours Reine des désirs

(1) Sujet du premier Prix.

Des plaisirs sans remords elle regle l'u-
sage ;
Ces fruits seroient - ils donc à l'homme
deffendus ?
Ces fruits délicieux sont un bien dont le
sage
Ne s'interdit que les abus.

❧

Ma Muse en traits de feu représenta la
Gloire (2)
Et peignit l'ascendant qu'elle a sur tous les
cœurs.
Ce tableau qu'embellit l'éclat de la vic-
toire
Trouva peu de froids spectateurs.

(2) Sujet du
second Prix.

❧

Le désir de la Gloire est le ressort des
ames :
Elle fait les grands Rois, les sçavans, les
guerriers :
Le cœur, dès-qu'il connoît le pouvoir de ses
flammes,
Ne vole qu'après les Lauriers.

❧

J'ai peint ces Monumens, ces trésors lit-
téraires (3)
Que livre à sa Patrie un noble Fonda-
teur :
Ils désaltéreront, ces fleuves salutaires,
L'esprit de l'avide lecteur.

(3) Sujet du
8e Prix.

❧

Si le prix d'un trésor dépend de son
usage ,
Les plus grands biens sont ceux qui sont
communs à tous :

Voyez l'Astre des jours , chacun à l'avantage
    De joüir d'un bienfait si doux ,

Mais quel honneur plus grand qu'une triple
victoire ! *
Le vainqueur peut oser s'asseoir à votre
rang.
C'est un heureux rayon d'une immortelle
gloire ,
    Capable d'ennoblir mon sang.

Ainsi d'un regard ferme , envisageant la
Parque ,
Un guerrier accroit-il l'éclat du nom Fran-
çois ,
De l'estime du Prince une flatteuse mar-
que
    Devient le prix de ses exploits.

Honorons la valeur : je sçai qu'un Ale-
xandre
Par son bouillant courage est l'appui d'un
Etat ;
Mais les Arts , si le fer est propre à le déf-
fendre
    Lui donnent seuls tout son éclat.

Rome dut , il est vrai , sa force & sa puissance
A tant de Conquerants que produisit son
sein ;

* Par les statuts de l'Académie de Pau , lorsqu'on
a remporté trois prix à son jugement , on est
membre de ce Corps.

Mais ; divin Cicéron , ta fublime élo-
    quence
        Aggrandit l'Empire Latin.

Et lorfque parmi nous un Prince Magna-
    nime
Par fes brillans exploits étonna l'Univers ,
Là France dut fa force à la valeur fublime ,
        Mais ne dut-elle rien aux vers ?

Quand fur les pas de Mars , dans ces tems
    de merveilles ,
Nos Héros retraçoient les Héros d'Ilion ,
Dans un docte loifir les Boileaux , les
    Corneilles
        Ennobliffoient la Nation.

Je devois ne tracer que ma reconnoiffance ,
Imprudent , j'ai des Arts , peint les efforts
    vainqueurs :
Le Dieu des vers m'a fait célébrer fa puif-
    fance
        Pour fe payer de fes faveurs.

        F I N.

mois de la date d'icelles : que l'impression dudit Ouvrage sera faite dans notre Royaume & non ailleurs ; en bon papier, beaux caractères, conformément à la feuille imprimée attachée pour modele sous le Contre-Scel des présentes, que l'impétrant se conformera en tout aux Reglemens de la Librairie, & notamment à celui du 10 Avril mil sept cent vingt cinq ; qu'avant de l'exposer en vente, le Manuscrit qui aura servi de copie à l'impression dudit Ouvrage, sera remis dans le même état où l'approbation y aura été donnée, ès mains de notre très-cher & féal Chevalier le Sieur DAGUESSEAU Chancelier de France, Commandeur de nos Ordres, & qu'il en sera ensuite remis deux Exemplaires dans notre Bibliotheque publique ; un dans celle de notre Château du Louvre, & un dans celle de notre très-cher & féal Chevalier le Sieur DAGUESSEAU, Chancelier de France, le tout à peine de nullité des Présentes ; du contenu desquelles vous mandons & enjoignons de faire jouir ledit Exposant & ses ayans causes, pleinement & paisiblement, sans souffrir qu'il leur soit fait aucun trouble ou empéchement. Voulons qu'à la Copie des Présentes, qui sera imprimée tout au long au commencement ou à la fin dudit Ouvrage, foi soit ajoutée comme à l'Original. Commandons au premier notre Huissier ou Sergent sur ce requis, de faire pour l'exécution d'icelles, tous Actes requis & nécessaires, sans demander autre permission, & nonobstant Clameur de Haro, Charte Normande & Lettres à ce contraires. Car tel est notre plaisir. Donné à Paris le vingt-sixième jour du mois de Mai, l'an de grace mil sept cent quarante-six, & de notre Regne le trente-uniéme. Par le Roi en son Conseil. Signé, SAINSON.

Registré sur le Registre XI de la Chambre Royale des Libraires & Imprimeurs de Paris. No. 631, fol. 558, conformément aux anciens Reglemens confirmés par celui du 28 Février 1723. A Paris ce 29 Mai 1746.

Signé, VINCENT, Syndic.

www.ingramcontent.com/pod-product-compliance
Lightning Source LLC
Chambersburg PA
CBHW071252210626
46818CB00013B/1398